序言

　　香港人文出版社把陳娟《曇花夢》改編成青少年兒童偵探叢書《民國神探》真是慧眼獨到。

　　原著《曇花夢》是一部偵探與言情相結合的寫實小說，它跟外國的一些偵探小說寫法不同，後者偏重於案件的偵破過程，比較注重案情的推理。《曇花夢》以破案為主線，談情為副線，穿插進行，在書中融入大量的關於偵探學知識，故事的推進不單為破案而寫，並試圖在故事中注入動人的文藝色彩，給讀者更多美感和人生哲理，強調人物形象、性格和人性的描寫，脫出一般偵探小說的窠臼。

　　《民國神探》所涉案件曲折離奇，情節跌宕起伏，高潮疊起，扣人心弦；小說有緊有弛，文句精練優美、邏輯嚴密，在原著基礎上開拓青少年兒童文學新領域，啟迪青少年文思和才智。

　　　　　　　　　　　　　　　　張詩劍

目錄

第十一章 找到提貨單

　　一覺醒來，天才朦朦亮。程慈航這段時間接手的案子，一個接着一個，身體一直處於極度疲勞狀態，累得根本不想起床。但一想到李麗蘭身上的銀行保險提貨單，不知是否已如願得手，就馬上披衣起床，稍加漱洗，即去找楊玉瓊。

　　深秋霜寒，清晨更冷，值班室裏的楊玉瓊，右手支頤，靠在沙發上小睡。程慈航見她沉沉入睡的樣子，實在不忍驚醒她，又怕她受寒，便從自己的辦公室裏拿了一件平常穿的呢子大衣，輕輕地蓋在她的身上。楊玉瓊半醒，知道程慈航進來，故意假寐不作聲。衣服披到身上，楊玉瓊頓覺全身溫暖，心裏一熱。她兩眼惺松，對程慈航甜蜜一笑，兜緊大衣叫了一聲：“科座。”

"提貨單找到了嗎？程慈航着急地問。

"瞧，這是什麼？"楊玉瓊懶洋洋地從短氅的內胸袋裏掏出一張如鈔票似的提貨單，托在手上，含着勝利的嬌笑向程慈航瞟了一眼。

程慈航心裏一鬆，不禁歡呼："哈哈，玉瓊，果不其然，提貨單在她身上。"

"科座，你的神機妙算果然高明，這張單子的確折成方塊貼在她的右腋下。"

"屬害屬害，你們是怎麼拿到的？"

"神不知，鬼不覺，以假換真一模一樣地重新貼上去，天衣無縫。她還在酣睡呢！"楊玉瓊興奮地說。

"哦？以假換真？"

　　楊玉瓊把嚴中虎的計劃詳細說了一遍。說到使用了高羅芳時，程慈航心裏有點糾結，計劃固然有效，但在未定罪前使用高羅芳時又似乎不妥，或許……。程慈航看着楊玉瓊那雙一夜未睡充滿血絲的眼

睛和浮腫的眼眶，於心不忍說出任何責備
的話，便道：「玉瓊，幸苦了。你昨天忙
了一天也沒好好睡，你去好好睡一覺吧！
這裏交給我處理。」

第十二章　無字天書

　　上午八點，程慈航駕駛一輛小吉普，到金城銀行領出李麗蘭所寄存的手提皮箱。他獨自一個關上了辦公室的房門，把皮箱放在辦公桌上，撕掉白色的紅印封條，掏出從李麗蘭身上所繳獲的鎖匙，"哢嚓"一聲，箱子打開了。眼前金銀滿箱。單是粒粒大如豌豆的珍珠項鏈就有五條，白金鑽石項鏈三條，黃金鑽石項鏈兩條，白金鑽石戒指五個，白金鑽石耳墜三副，珍珠鑽石花鐲兩副，以上所配鑽石分量相當可觀。還有白金手鐲兩副，黃金手鐲四副，黃金腳鐲兩副，各式黃金戒指幾十個。此外還有馬蹄金、瓜子金、豆子金、烏金、紫金的金條、金錠、金元寶、金片，不下百餘兩。紅寶石、藍寶石、羊脂白玉、通靈漢玉、珍珠、瑪瑙、翡翠、琥珀、貓兒眼等各種首飾和許多奇奇怪怪的名貴珍品，珠光寶氣、璀璨耀眼，均爲生平所未見。按照失主報單，如數清點，一件不差。這些珠寶有的是三家公館的失物，還有的是李麗蘭數年來四處奔走的收穫。除此之外，還有刻有李麗蘭姓名的雙龍搶珠黃金圖章一枚，好幾捆美鈔、英鎊、法郎、港幣散落在箱子的角落。最後剩下的只有一本毫不起眼的日記本。

雖說毫不起眼，但也只是相較那琳琅滿目的財寶而言。事實上這本日記絕非凡品。十六開精裝本，厚達兩英寸，高級道林紙，紫紅色硬殼皮套印花。三面拉鏈，內有一支配套鋼筆，外加一把玲瓏小鎖。寫後鎖住，外人便無法窺其奧秘。程慈航心中暗暗讚嘆，突然想起繳獲的那串鎖匙中有一把特別小的鑰匙，趕忙找出扭開這把玲瓏小鎖。他小心翼翼地打開了這本精緻的簿子，翻了一頁，什麼也沒有。他前

前後後地又翻看了一下，還是沒有。日記本裏一個字也沒有。這真的只是一本空本子嗎？

　　陽光斜斜照在辦公桌的一角，晨風從窗外吹進來掀動着日記。獨坐在辦公室裏，程慈航陷入沉思。李麗蘭到底是個怎樣的女人？引起了程慈航極大的好奇。就如破案一樣，他本以為能在日記中得到的答案，結果却只是一本什麼也沒寫的空簿子。難道這只是普通的筆記本？不，不對。如果不曾書寫什麼，為何要鎖上筆記本，隨身携帶鑰匙呢？還要放在裝貴重物品的箱子，鎖在保險箱內。不對，肯定是自己遺漏了什麼。到底是什麼呢？程慈航對着放在桌子上的日記本，努力回憶着案件的每一個細節。

陽光慢慢在辦公桌上移動，風不語。或許她寫下來了呢？只是看不到而已。突然，程慈航似乎想起什麼似的，拿起日記本內的鋼筆，迅速旋開筆套，又旋開筆杆。對了，他的猜測得到了證實。他眯起眼睛，看着筆杆內透明的鋼筆墨汁，又放在鼻子旁邊聞了一聞，果然如此！用檸檬汁製成的墨汁來書寫日記。這個女人不愧是一等一的錦線高手。如果她有時間清理掉垃圾桶裏的檸檬皮，自己也必定會被這本無字天書蒙混過關。實在太高明了！太有心機了！這樣一來，即使被人拿到這本無字天書，打開來看，也發現不了任何內情。他突然好想立刻會會這個李麗蘭，看看她到底是何方神聖？

程慈航叫周凌取來一盆水之後，把自己鎖在辦公室。日記本的內頁用棉籤點水之後，顯出了字，李麗蘭的身世也隨着浮出了水面。花了半天的時間，程慈航聚精會神地閱讀李麗蘭的日記。他整個人都被這本日記吸引住了。這是李麗蘭身世的縮影，從這裏就可以窺其全貌。尤其對其中三則，程慈航特別重視，看了又看，反復推敲。

一九四六年八月二日

　　士別三年，刮目相看，不見董仕卿已四年矣。轉眼她已大學畢業，行將赴美留學。

　　今日，我與董仕卿在中央商場相遇，她侃侃而談別後情況，一再問我別後境遇，得意之情溢於言表。縱使我敷衍搪塞，含糊其辭，但內心也不免惴惴。想不到數載同窗，分離之後，兩人命運卻天壤之別，命也！

　　我出身書香門第，小康之家。十年前雙親均於上海執教，生活美滿。時值"八一三"淞滬抗戰爆發，各大學內遷西南，不料母親抱病在身，無法啟程。我們一家只好退居揚州原籍。不久家鄉淪陷，慈母病故。父親在國破妻亡之時，雖處鐵蹄之下，始終堅持民族氣節，不為敵人利用。父女兩人，隱居家中，相依為命。他把生平學問，向我傾囊相授。多年來諄諄善誘，孜孜不倦。因此我由小學至高中，成績一向名列前茅，高中畢業成績更為全市之冠。當時我自信飛黃騰達，易如反掌。

18

然而揚州數年，坐食山空。父親已將所有家業變賣一空，到後
全靠舉債過日，以致債台高築。禍不單行，正當我投考大學之際，
父親不幸病逝，不但收殮無錢，而且債主臨門。尸不能葬，債不
還。嗟乎！貧窮似虎，驚散九春六親。靈床孤燈，相對淒然。真
知人間何世！尚幸天無絕人之路，馬太太非親非故，路過揚州，
我遭遇，慷慨相助，助我葬父還債。古道熱腸，世所罕見。

正當我以為兩過天晴之際，又傳來噩耗。惡霸閻雲溪貪我美色，
意欲納我為妾。其勾結當地鎮長，乘危強聘，勒令三天之內，要
出嫁閻家。他橫行霸道，魚肉鄉里，父借翻譯之職搭上了日軍聯
長中島大佐。我一介女子怎麼鬥得過他？茫茫神州，處處鐵蹄，
脫卻樊籠，難若登天。只怕保不住這清白之身。幸得馬太太二度
義，收我為徒，隨她浪跡天涯，闖蕩江湖。從此後，歸去無家，
西風黃葉到處飄零。妙手生涯，迫不得已，非所願也。

一九四六年十月五日

　　陰雲慘慘，風雨淒淒，馬太太死矣！追念前情，肝腸寸斷，不覺慟哭失聲，暈厥者再。嗟呼！皇天不佑，奪我恩師，從今後，幽明睽隔，相見無期，嗚呼，痛哉！

　　師傅於上月二十日至揚州小住，當時她神色異常，道是時日無多。不出半月，她撒世長辭。師傅享年四十五歲，雖徐娘半老，然豐韻猶存。她外表雍容華貴，態度落落大方，常以貴夫人身份出入上流社交場所。她待人肝膽相照，義重如山。疏財仗義，濟困扶危。她運籌巧妙，技精如神，變幻莫測，出奇制勝，無往不利。她浪迹塞北江南，芳踪遍及天下。所到之處，同道之人，不惜一切，保其安全。江湖人稱"江湖一奇"，乃錦線開山鼻祖之一。

　　吾師桃李滿江湖，朋友遍天下。生平得意門徒，惟我姐妹兩人。師姐花錦芳，原籍蘇州，名門出身，父母早喪，身世飄零。恩師對她細加撫養，精心栽培。聽聞師姐擅長六國外語，精通易容術，天生麗質，絕頂聰明。幼年已耳濡目染，深得吾師真傳。雖我姐妹兩人，同道數載。但因入門時間先後，彼此只知有"奪技玉葉"和"踏雪無痕"的名號，從未謀面。恩師曾對我言："世間美人真正秀外惠中者，能有幾人焉！我行蹤遍天下，除你姐妹倆外，無一當意者。

你們生於江東，天生絕色，堪比"二喬"，我幸得你兩為女，千載摶緣，畢生之願足矣！"神色言談間，師傅透露對師姐的牽掛。為圓師傅心願，我四處打聽。然天涯海角，師姐行蹤顯忽。江湖只聞其名不見其人。恩師彌留之際仍對此念念不忘，抱恨九泉。人生無緣，乃至於斯！恩師臨終傳我《曇花夢》，中間記載同道姓名事蹟絕詳，天下之炒手，盡在其中矣！恩師再三叮囑，此書足以保我周全，讓我無比妥善收藏。

恩師雲捂，安葬於北山之陽，一抔淨土，掩埋一代風流。吾師一代江湖領袖人物，到頭來卻孑然一身。死後這等孤凄蕭條，委實令人寒心。"爾今死去儂收葬，他年葬儂知是誰？"死者已矣，生者堪虞。回憶數載炒手生涯，江湖顛簸，終日提心吊膽，了無寧日。前車可鑒，長此下去，歸宿無所，轉眼紅顏逝去，終歸悲慘下場。

一九四七年一月三日

"春風十里揚州路，卷上珠簾總不如。"這是唐朝時人杜牧贈別揚州名妓之詩，褒讚她年輕貌美，不愧為為揚州青樓第一。沈子良約我漫遊蘇州虎丘，在玉皇閣俊樓兩人揹對。當時四下無人，高樓寂寞，他對我目不轉睛，情不自禁唸出此詩。

這原是風流韻事，但我特意吹毛求疵，借題發揮。師傅說過，對這種豪門子弟，須力持端莊，以顯高貴，以達敏搞故縱之目的。我對他正言厲色："子良，今日虎丘之約，乃男女正當社交。我雖家道衰微，但總算出生書香門第，詩禮之家。你竟視此之為狹妓遊春，把我當作路柳牆花可以隨意攀折。古有銘訓，齊大非偶，是我不自量力，自取其辱，這能怪誰？只有怪自己。吃一塹，長一智，與其將來被你著廚拋棄，不如就此別過。"如此小題大作，出乎子良意料，他張口結舌，不知所指。我掉頭就走，他十呼萬喚，我仍揚長而去直回揚州，待他三顧茅廬。

沈子良乃揚州世家子弟。其父沈步雲為江浙財團之首，沈家財雄江北，富甲揚州。子良大學畢業後，即在中央銀行任職，因善理財，事業扶搖直上。他今年二十八歲，髮妻過世三年，縱然親朋戚友為其物色新人，終無如意者。迄今中饋猶虛，父母不勝焦急，然亦無可索例。

　　去歲十月十五，我從上海回揚州，他也南京返故里，與他邂逅於瓜州渡口。他對我一見傾心，追至揚州城內，翌日即登門拜訪。一度晤談之後，感慨相見恨晚。從此信使頻繁，饋贈不絕，大有君非姬氏，居不安、食不飽之感。

　　此緣的確不可多得，知之者均責我過於矜持，恐失十載難逢之機。殊不知對此縱捭子良，不加矜持，即被鄙薄。今日子良，已瀕如饑似渴，對我如醉如痴，如在股掌之中，何怕他棄餌脫鉤？連日子良三顧茅廬，負荊請罪，其意至誠，其情可憫。若太過矯揉造作，傷及情面，反而適得其反，便順水行舟答應了婚事。

　　對此親事，我力求明婚正娶。我向子良提出三點：一、須他父母同意，明婚正娶；二、須有聲望者做媒；三、須大事鋪張。目的無它，只因雙方家世太過懸殊，非此不足以提高身價，日後也定會受人鄙視。子良滿口答應，喜出望外。其父沈步雲特地兩度惠臨，我熱情款待，其父更對我親睞有加，眉飛色舞，流連滿意。又請城中名人，施靜庵教授為媒，訂於十一月五日我和子良在南京沈公館完婚。

　　苦海無邊，回頭是岸，但不知放下屠刀，能成佛否？

第十三章　亂世佳人

看完李麗蘭的日記，程慈航的心裏不由地對她生出幾分憐憫。這個處於亂世中的弱小女子，她不幸的遭遇和飄零的身世讓程慈航感慨萬分：她不是自甘墮落、不知羞恥之人。今淪爲盜，是逼上梁山。她遇上沈子良，渴望找到幸福的歸宿，正決心懸崖勒馬，改邪歸正。但她爲什麽在臨婚之際，却不能放下屠刀，而瘋狂地兩日三處作案，以致自陷羅網？想到這裏，他對她又感到失望和惋惜！他在辦公室的座椅上轉來轉去，認真地思考和佈置着下一步的審訊。

早晨的陽光透過墨綠絲絨窗簾，隱隱地照在了程慈航的身上。深秋的早上，空氣中夾帶着銀杏葉的苦澀味，也飄進了關押李麗蘭的臨時拘留所，美其名曰招待室。屋子裏臨時加了一張高低背沙發床，配上本來的地毯和桌椅，雖然乾淨整潔，一塵不染，但卻顯得異常冰冷。

　　李麗蘭在朦朧中睡醒，神志仍然恍惚，略微定神，才想到自己還在牢獄之中。她假裝轉身朝向大門，眯着眼豎起耳朵假寐了一會，確認了房間只有她一人。就隨即拉上棉被，在被窩裏急急忙忙地解開衣領的鈕扣，把手鑽至右腋下，直到手指尖觸到藥棉紗布的地方，捏一捏，裏面硬紙小方塊安然尚在，她這才放鬆下來。"昨晚到底怎麼睡着的？晚飯過後我到底幹了什麼？"李麗蘭略微定神，又暗自想：我的確很疲憊，但絕不會累到毫無意識。那幫傢伙到底搞了什麼？莫非他們給我下藥了嗎？不不不，不可能，搜身的時候他們就沒注意，根本不可能猜到。"

此時只聽門口幾聲鑰匙轉動聲。門開後，一個小勤務端着臉盆和梳洗用具，一臉正經地走進來。小勤務年齡不過十二三歲，兩頰緋紅，還是一個小孩的模樣。只見他端着臉盆對李麗蘭說：“李小姐，請洗臉！”

“謝謝你，小兄弟！這是我一點心意！”李麗蘭對他笑了笑，順手取下了袖子上的兩顆金鈕扣，遞了過去。“有錢能使鬼推磨”行走江湖那麼多年，這句話李麗蘭是深明其道的，說不定什麼時候就用到這小傢伙了。

小勤務員不敢相信地看了一下手上兩枚金鈕扣，這相等於二隻金戒指啊。他原本就紅通通的臉就更加紅了。圓滾滾的眼睛看着李麗蘭的臉，搖着手靦腆地說：“我不能。”

"沒關係，又沒有人知道，快點收下吧！回去給你媽媽買些好吃的。"

一聽到這句話，小勤務員咽一咽口水，聲音在喉嚨中嘀咕："那謝謝您了！"漱洗的用具撤走後，小勤務接着又端進早餐來，擺在中間的小圓桌上。一大碗大米稀飯，一盤小籠包子，四碟小菜——金華火腿、福州肉鬆、鎮江臘肉、南京板鴨，滿滿地擺一桌子。

李麗蘭心想：這些都是飯店酒席上的美食，哪裏是警局的伙食？這幫傢伙到底在打什麼算盤？招待得愈好，她心裏就愈忐忑。要知道，警察局的酒菜從來是不好吃的，但想到銀行保險提貨單還牢牢地攥在自己的手裏，提着的心又放了下來。

第十四章　踏雪無痕

晚上七點鐘，晚餐後不久，"招持室"的房門開了，一女警走了進來，道："李小姐，科長請你去談話。"

這句話如同晴天霹靂，"轟隆"一聲敲在李麗蘭心上，李麗蘭只覺心在"咚咚咚"瘋狂跳動。她知道這是決定性的時刻，勝敗存亡在此一戰。在千鈞一髮的時刻，我更要臨危不亂。她暗暗對自己說。隨手，她整理了一下蓬鬆的頭髮，拉了拉衣角，讓自己鎮定下來，步履從容地走出招待室。

李麗蘭隨着女警走到科長辦公室門口，只聽一聲："報告！"

"進來！"男人磁性的聲音。

　　女警推開房門，李麗蘭進去，只見房間裏有四個人：兩男兩女。右邊辦公桌坐着楊玉瓊，就是昨晚送衣服給她的女警官；左邊另外一張桌子，坐着柳素貞，正是昨天晚上在秦淮飯店特等四十四號房間裏戴着手銬、自認竊犯的范朗霞。她們各據一張桌子，桌面上放着紙筆，準備對口供進行雙重筆錄。那個站着的男警官，正是昨日和她兩次正面交鋒的嚴中虎。中間那個是她唯一沒見過的警官。只見他梳着波浪式的頭髮，面如冠玉，兩眼炯炯有神。二十五、六歲的模樣。即便是坐着，也可以看出身材高大。他穿着一套簇新的咖啡色帶條紋嗶嘰西裝，足蹬尖頭黑皮鞋，

　　李麗蘭心中一凜，思索道：本以為資深警官都是上了年紀的，沒想到竟然是個英俊的小生！看來這就是正主！這傢伙倒

是長得英俊瀟灑，活像電影明星。師父一直說黑白兩道交鋒多年，那些探長越是長的貌不驚人，越是顯得態度悠閒，越是深不可測。不過事出反常必有妖！這個玉面警探一定不是個簡單的人物，必須小心提防。

李麗蘭進來的時候，眾人只覺眼前一亮。站在門口光影中的她，皮膚白裏透紅，面如凝脂，身軀妖嬈的她如同一條婀娜的白水蛇，散發出迷人的光芒。程慈航頓時覺得心曠神怡，他不是沒見過漂亮的女人，只是沒有一人能比得上眼前的李麗蘭。她如同含苞待放的野玫瑰一般，散發着恰到好處的嬌媚。如果只用眼睛判斷，怎麼也不會把這樣一個嬌滴滴的美女和連環盜竊案連在一起。

"這位是程慈航科長。"女警向李麗

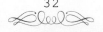

蘭介紹。

　　程慈航定了定神，朝李麗蘭點了點頭：
"請坐！"兩人相對坐下，中間只隔着一
張漆得發亮的楠木矮脚茶几，相距僅僅一
公尺。

　　李麗蘭環顧四周看了一下，心想：兩
個記錄員，雙重記錄？看來這案件挺嚴重
的。四個人加上雙重記錄，是打算打持久
戰？昨天的應對方式能不能再用？昨天那
幾個莽夫試圖以權相迫，可笑！他們以為
嚇幾下就能讓我乖乖認罪嗎？只要銀行保
險提貨單還捏在我手裏，他們就找不到真
憑實據。所謂的查問也不過是逼我自亂陣
脚，漏出破綻而已。我只要抓着這點，無
論他們怎麼詢問，我都強硬潑辣地回應便
是。眼前這傢伙既然想打持久戰，那我就

要改變策略。師父曾說過，所謂持久戰就是雙方比拼精力，如果我一不小心漏了口風，就會被他們寫下來當作呈堂證供。敵眾我寡，不能跟他們硬拼。我先探探他的底，再看招拆招。想到這，李麗蘭悠然地坐在沙發上等待程慈航的進攻。

"小姐，你叫李麗蘭嗎？"

"對，我如何尊稱先生呢？"李麗蘭心想，你細水長流，慢慢審問。我就反客為主，打亂你的節奏。

"李小姐，我們初次見面，對你的家世都不了解，可否把你的年齡和家世略微介紹一下？"程慈航並不理會，緩緩問道。

　　"我今年二十三歲，揚州人。父親是大學教授，母親在同所大學做講師。抗戰開始，我母親不幸病故。父親費盡全部心力精心培養我。高中畢業那年，父親不幸病逝。當時家裏生活艱難無比，窮得連父親的尸體都無法收斂。還好有位劉太太見我可憐，便仗義幫助，把我父親埋葬了。但禍不單行，喪事剛結束，當時日本大佐的翻譯官、漢奸閻雲溪要強迫我嫁給她。我一介柔弱女子，又如何能和擁權坐勢之人抵抗呢？於是我便棄家出走，跟着劉太太，到處做生意。事無不可對人言，我那清白的家風，有什麼不可告人呢？"說到身世，李麗蘭眼眶濕潤了，一滴晶瑩剔透的淚珠從她微微發紅的眼眶滾落下來，叫人好不憐惜。她心中却暗暗思索，這傢伙問題尖銳，我就先以一孤苦女子形象示人，消除他的戒心。

“那你做什麼生意呢？”程慈航話題
一轉，沒有和她在身世話題上再糾纏。

“跑單幫嘛！”李麗蘭暗暗叫苦，本
想繞到身世問題上，拖延時間，但他卻不
中計。做生意什麼的，自然是她臨場發揮
而已。誰知這傢伙抓着這點不放。

“跑哪一行的買賣？”程慈航繼續問道。

“專辦珍貴藥材。”

“什麼叫做珍貴藥材？你能否說出十
種藥名來？”

還好還好，幸虧自己在病榻前服侍
父母多年，也算常年和藥罐打交道。李麗
蘭輕鬆流利地回答：“珍貴的藥材何止十

種，如人參、鹿茸、羚尖、犀角、珍珠、瑪瑙、白瑞、紅花、安息、龍腦、熊膽、象膽、虎睛、鹿腎、海龍、海馬、猴棗、馬寶、銀耳、燕窩、麝香、肉桂、珊瑚、猴面茵、貓鬚草、夏草、冬蟲、頭頂一粒珠、九死還魂草，以至幾百年的靈芝草、上千年的何首烏。”她如數家珍般唸出藥名，好像真的是幹這一行的老手。

程慈航心中暗暗佩服，此女子見多識廣，臨場應變不見絲毫慌亂，絕非泛泛之輩。他接着問：“那你走過不少的地方囉？”

李麗蘭心想，你跟我磨，我就磨下去：“幹藥材生意要集天下之精華，不走南闖北，不東飄西蕩，哪能採購到上好的珍品。雖然這行生意，獲利豐厚。但我呢，

一半是爲了生意，一半是想游山玩水，見識見識歷史上、文學上聞名遐耳的奇峰異水。這幾年因爲採辦藥材，幾乎走遍了各地的名勝古跡。

"真不愧行萬里路，讀千卷書。"這下卻到程慈航心中一苦，這女子說話滴水不漏。通常江湖大盜大多從小艱苦，自然學識不高。審問的時候，只要多問兩句，他們大多不是啞口無言，就是拍桌怒嚎，但無論怎樣，都爲查案提供了更多的線索。此女子看似柔弱，但嘴上功夫滴水不漏，遠勝於那些綠林大盜。

"讀千卷書，我不敢當；行萬里路，也許還談得上。"李麗蘭臉上泛起得意的神色，心中也是一喜，這傢伙氣勢已經衰退了。

「你說的劉太太是哪裏人，她現在哪裏？」程慈航定了一定，轉了個擊破口繼續追問。

「她原籍山東青島，家裏什麼人都沒有。半年前已經死了。」

「她死在哪裏？」

「死在揚州我的家裏。」

「你和她什麼關係？為什麼死在你家裏？那她有無財產在你那裏？」

「她生平疏財仗義，花錢很大，死後所剩的錢也無多了。我是她的乾女兒，理所當然應替她料理喪事。」

　　"那你這一次到南京來，是跑單幫嗎？"

　　李麗蘭本想一聲應道，但隨即一想，不妙！這個笑面虎以弱示人，一不小心就會上他的當。如果自己說跑單幫的話，恐怕他就會問我相熟的商家和聯繫人。到時候他一查，自然知道是謊言。隨即道："劉太太死後，我就不幹了。當年賺了點小錢，有點積蓄。這次是來游山玩水，看看名勝古跡。我去過許多地方，只是南京還沒有來過，金陵是歷史上有名的'六朝金粉'之地，更何況是金秋之季，滿城金黃，不好好地游覽一番，實在有負此生。"李麗蘭頓了頓，不慌不忙地呷了一口茶。

　　"那你這幾天來一定去過不少的地

方，可否說說？”程慈航步步緊逼，心想：她肯定不是游山玩水，估計也說不出什麼名勝來。

“南京出名的地方基本都去過，燕子磯、栖霞山、清凉山、雞鳴寺、鳳凰台、雨花台、明故宮、中山陵、明孝陵、玄武湖、莫愁湖、夫子廟、秦淮河、北極閣、胭脂井、烏衣巷、朱雀橋等等。金陵四十景，看來也不過如此。”李麗蘭對南京的熟悉，出乎程慈航的意料之外。程慈航見難不倒她，又轉了話題。

“珠江飯店也是第一流旅社，不一定比秦淮飯店差，為什麼一定要換個旅社呢？”程慈航劍眉一跳，話題一轉，冷冰冰地問。

"這有什麼大驚小怪的？秦淮飯店在秦淮河畔，秦淮河的兩岸是'六朝金粉'之地，到了金陵，不近秦淮，實在有負此行。'夜泊秦淮近酒家'，古人不是說過了嘛？並且附近有朱雀橋、烏衣巷，想當年王謝之盛，而今荒涼滿目，我想游山玩水，吊古懷今，這又觸犯了什麼法律呢？"李麗蘭挑了挑眉。

"李小姐不必擔憂，我們純粹是希望更了解你的行程。對了，請問李小姐的藥店的具體位置。在哪個省份？在哪條街道？"

李麗蘭神色無異，心中卻暗道不妙。平常警探三兩句問不出破綻，就會轉換方向，而這傢伙偏偏在自己身世上不斷糾纏。而這正正是自己的軟肋，縱使自己能一時間編出合適的理由，但他不斷追問深究，總有一刻自己的謊言會露出破綻。不行！不行！不能再這樣下去了！我必須掌握談話的主動權！靜下來！靜下來！提貨單在我這，這也代表他們還沒拿到證據。那他們的盤問也只是在套我的話。只要扣留時間一到，他們就沒權把我扣在這裏。這段時間，我只要引導對話停留在口舌之爭就可以了！必須牽着他們鼻子走。

　　她冷冷一笑：「這位先生，我剛剛已經說過劉太太死後，我就不做生意了。你還在死纏爛打，還敢說我不必擔憂，你把我一介無辜女子當成罪犯！我又沒犯法，你為什麼要一再挖苦！大丈夫做事光明磊落，何必如此吞吞吐吐，盡兜圈子，有話直說吧！」

李麗蘭殊不知，此時的程慈航和她一般，也是心急如焚。程慈航在心中暗叫"不妙，不對！不對！不能再在她身世上糾纏了。此賊身世上毫無破綻，恐怕是假中帶真，真假難分。必須給她更大的壓力，不然讓她沒完沒了地拖下去。扣留時間一到，就要放人了。想到這，程慈航便順勢轉換話題。

"李小姐，你目前的一切生活都是按照客人待遇，你住的是接待室，吃的是飯店的美食，天下哪有犯人有這種待遇？我們將你視為貴客，而非犯人。"

"你們把我關了兩天，不准越房門一步，一切行動的自由全部受到監視。還要受到無理的審訊，難道你就這樣對你的客人嗎？"李麗蘭以挑釁的口吻責問。

“李小姐，目前調查階段，不得不請你稍受委屈。如你句句屬實，我們會盡快還你一個清白。”程慈航照樣以柔克剛。

“科長，你們這是非法扣留！。根據《六法大全》刑訴部分規定，在調查審訊階段，扣留時間不得超過二十四小時。堂堂一個科長，這基礎的法律條例，你都不懂嗎？你們這是非法扣留！我隨時可以控告你們侵犯自由！”李麗蘭提高了聲音。

“李小姐，還請耐心等候。你昨天晚上十點鐘到這裏，現在時間只不過八點，還沒有超過二十四小時的法定時間。”

“哈哈，警察局裏的果然都是道貌岸然之人！你們費勁心思演出一幕幕誣良爲盜的把戲，這有什麼意思呢？”李麗蘭說

46

着說着竟聲淚俱下，一仰頭，她那長長的睫毛上挂滿了淚珠，出水芙蓉般，那淚珠彷彿留戀潔白的肌膚，遲疑了一下，又隨着哭泣如斷線的珍珠般灑落，叫人好不憐惜。"你們幾個大男人衝進女子的閨房，繞了一大圈，說是什麼配合調查，可一到警局就着人把我衣服脫了，你們過不過分？我一弱女子在這個世界生存本來就不容易，來南京散散心，還遇上這等冤事。老天爺啊，我冤啊！我冤啊！你們到底想怎麼樣？是不是想逼死我啊！你們倒是把話說清楚啊！"

李麗蘭哭着哭着，竟是把房間裏緊繃的氣氛一掃而空。所謂"玉容寂寞淚闌杆，梨花一枝春帶雨"正是如此。站在隔壁的嚴中虎看在眼裏，"哼"了一聲，見李麗蘭又要哭泣，嚴聲斥責："你有完沒完？

別敬酒不吃吃罰酒！你敢在四區偷竊，就該預計到這下場！"

"這位警官，你在沒有任何證據下指控我，你是怎麼當上警察的？看你這辦案態度，黑白不分。"李麗蘭順勢瞥了程慈航一眼，冷笑道："怪不得……原來只是個跟班。"

嚴中虎聽罷，心中大怒，轉身道："科長，這傢伙嘴硬得很。要不我們把她關到牢房裏，餓她幾天，看看她有沒有力氣再和我們折騰！"

程慈航點點頭，示意他知道了，道："我們已經掌握了人證，吳公館的楊媽曾在公館見過你。只要叫她到你面前跟你照一照面，你的身份就會水落石出了。你現在承認盜竊，我們可以考慮減少你的刑期，你考慮一下。”

　　“程科長，我看你一表人材，但行事怎麼這麼愚蠢？你們一直耍這種誣良爲盜的把戲，有什麼意思呢？”她指着旁邊的柳素貞繼續說：“這位小姐昨天晚上在秦淮飯店指控我是她的‘舵把子’。今天，她突然變成警察了！你怎麼能自圓其說呢？今天你又想請什麼豬媽、羊媽上台，重演一齣‘誣良爲盜’的拿手好戲，換湯不換藥，依樣畫葫蘆，這種戲有什麼好看的呢？你們非要陷害我，我也沒辦法。畢竟你們挂着警察的名頭，我只是個星斗市民。你們不妨上法院再請什麼豬媽、羊媽上控告我，我必定跟法官大人好好地說一下警局是怎麼幹事的！

李麗蘭哼笑一聲，續道："哈，你們在沒有任何證據的情況下把我扣留，又脫光我衣服搜身，找到證據嗎？沒有！最後是不是要來一個屈打成招，讓我坐實名頭？我不過是你們這些官大爺的墊腳石而已！你們不拿出真憑實據，我是不會承認的！"

"屈打成招，怎麼使你口服心服呢？"

"你們既然不相信我，那我還說什麼？從現在開始，我不會回答任何問題！你們儘管控告我吧！我們在法院再辯個清清楚楚！"

楊玉瓊、柳素貞和嚴中虎三人抬頭看着程慈航。程慈航回首，目光與三人相

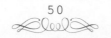

對，心中達成了共識。他們在口供這一仗敗的徹底，李麗蘭軟硬不吃，供詞毫無破綻。但是，他們摸到了李麗蘭最重要的底牌。程慈航回過頭，看着李麗蘭，緩緩道："那好吧，一定要我拿出真贓實據來，那還不容易嗎？'踏雪無痕'，你既然想金盆洗手，隱退江湖。那你爲何又連竊三家公館？不放下屠刀，怎麼能立地成佛呢？"

這段話好像宣判了李麗蘭的死刑，她只覺得天旋地轉，一股寒流直灌全身。她兩手緊緊捏住沙發的靠手，勉強支住渾身無力的上身，已是慌亂無比：他們怎麼知道的？怎麼知道的？李麗蘭！冷靜！冷靜！提貨單還在！他們不可能知道，只是猜想而已！冷靜！

這時，程慈航把手伸進西裝口袋裏，

掏出一顆雙龍搶珠六兩黃金的圖章，放在楠木矮茶几上面，笑着對李麗蘭說：“李小姐，這算是真贓實據吧？”

李麗蘭看到自己的私章，驚心動魄，感到一切都完了。壓垮駱駝的最後一根稻草。李麗蘭瞪着杏眼，兩只眼睛死死盯着程慈航，恨不得把他一口吞下去。眼前一個個警察化為猙獰可憎、青臉獠牙的惡鬼，正張牙舞爪地撲面而來。李麗蘭只覺急痛攻心，天旋地轉，房間的一切被翻轉，雙眼一翻昏厥了過去。

第十五章 美人蛇

李麗蘭頭一歪，休克過去，卻叫全房的警察慌了手腳。程慈航連忙衝了上前抱住她，免得她滑落沙發。在場的楊玉瓊、柳素貞看到情況不妙，也丟開記錄簿，走去幫忙。幾人七手八腳地把李麗蘭放在沙發上。李麗蘭就如同了一條軟綿綿的、冰冷的美女蛇。再心硬的人，看着她氣若游絲、不省人事的樣子，也會生出憐香惜玉的感覺。程慈航吩咐周凌馬上派汽車到鼓樓醫院接請醫生過來搶救。

不久，醫生、護士趕到，立即對李麗蘭施加急救。一針強心劑打了下去，李麗蘭悠悠氣轉。稍停片刻，只聽她長嘆一聲，兩眼微微睜開，眼角邊兩行眼淚像斷線的珍珠滾落臉頰。待心神稍定，她剛強支精神坐起來，又滑了下去。

深秋天氣，入夜更寒，程慈航看到李麗蘭只穿便裝，便從科長室鐵櫥裏拿出自己的大衣幫她穿上，並讓周凌倒了一杯白蘭地拿到李麗蘭面前。李麗蘭的昏厥是急痛攻心而引起的，一醒過來除了虛弱，也就沒有多大問題了。

看着李麗蘭面無表情，兩眼空洞地看着前方，程慈航道：“三位辛苦啦，你們的工作完成了，剩下的，我來解決吧。”嚴中虎聽罷心裏也很是不爽，這不是讓程慈航功勞獨攬，但也知道掃尾工作是最重要的階段，沒有第三者在更容易完成。楊玉瓊看了看程慈航的呢大衣早上披在自己身上，現在披在李麗蘭，心裏很是不高興。三人看了程慈航一眼，一起走了出去。

李麗蘭心想，在這是非之地，眼淚完

全是白流的。大局已定，誰也無力挽回自己的命運。按道理，在敵人面前，不該示弱，應當堅強一點，免得在他們面前出洋相。她又想，師傅一再說，最後關頭才是成敗的關鍵，自己一定要沉住氣，把握一切機會，轉危為機。想到師傅，就想到了師傅說過：英雄難過美人關。縱使錦線傳人熟練黑道白道各種門路招數，但錦線的看門招數，就是利用美色麻痹對手。想到這裏，她揩淚水的手又縮了回來，任由淚流滿面。剛才人多，不好施展魅功，現在只剩程慈航一人了。看見茶几上放着一杯白蘭地，李麗蘭拿起玻璃杯，一口氣連喝兩口。這是二十年的金獎白蘭地，山東煙台張裕酒廠的名牌貨，酒勁特別大，一瞬間，暖遍全身，李麗蘭頓覺神志清醒，精神振作。多喝一口酒，戰勝此局，她拿起酒杯又喝下第三口。

這時，程慈航已經關好了門，轉過身來，見李麗蘭正在喝酒，略略鬆了一口氣。走到她的面前，溫和地說：“李小姐，身體舒服點了嗎？”

李麗蘭放下酒杯，有氣無力地把身體癱靠在沙發上。一雙瞳仁剪秋水，梨花帶雨惹人憐。只見她幽怨悱惻地看着程慈航，微微地搖搖頭，默默無語，一時間淚濕滿襟。那種軟綿綿的姿態，任誰見了都會心生憐憫。

程慈航退到辦公桌旁邊，按了一下電鈴，周凌再倒了一杯白蘭地來。

李麗蘭以酒解愁，這時酒精開始發作，趁着醉意，她搖搖晃晃地站起來，拿起酒杯，又喝了一口。二十年的白蘭地，酌口順，後勁大，這時她只感到身體熱熏熏、飄飄然。她放下酒杯，在屋子裏踱了半個小弧圈，最後站在流線型的鐵櫥前，背靠鐵櫥，面對程慈航，雙手插在呢大衣的口袋裏，兩條勻稱的小腿交叉疊站着。她微歪着頭，醉態盎然，兩眼半眯，看着程慈航，秋波蕩漾，鈎人魂魄。李麗蘭借着醉意把陰鬱的心情壓了下去，橫下一條心，細細地打量起對手。這警察看上去一表人才，只可惜今天彼此處在敵對的立場，如果是在別的場合認識，說不定還能讓他成爲裙下之臣。真是造化弄人。想到這裏，她不禁脫口而出：

"姓程的，你是我的冤家，都說不是冤家不聚頭。爲什麼我們在這場景下相遇？爲什麼老天爺要這樣安排？實在太殘忍了！我栽在你手裏是宿世冤孽，還有什麼話可說呢！”她有氣無力，一字一淚，如怨，如慕，如泣，如訴。

程慈航的心碎了。

李麗蘭背靠鐵櫥，與程慈航相距不過幾尺，這時程慈航正把自己杯裏的白蘭地飲下三分之二，他兩手握住玻璃杯，斜靠在沙發椅上，萬分憐惜地欣賞着這條萬物造化中的美人蛇。

她光艷奪目，身段苗條，曲線動人。她那醉人的媚眼，光波閃耀攝人心。她的胸脯在自己的呢子大衣裏上下起伏，醉態纏綿銷魂。如果不是在這麼特殊的地方和這麼特殊的相識，程慈航會毫不猶豫衝上去，去認識她，去讚美她，去結識她。她無處不美，無處不動人。他要把許多讚美送給她，她的確受之無愧。這時程慈航已有了三分醉意，相對無言似有言，真是"燈下美人杯中酒"。

他聽到李麗蘭如夜鶯般的哀怨傾訴，想到她可憐的身世和不幸的遭遇。這柔弱女子，有那麼多逼不得已的苦衷，她也不過是一個被生活所逼的可憐人而已。他想安慰她，卻不知從何說起。此時，只聽李麗蘭鶯聲輕啼，悠悠唉了一聲："姓程的，我既然栽在你的手裏，看來也是天意。我成全你，了卻這一樁無情的公案吧！"程慈航一個恍惚，清醒過來。

第十六章　有錢可使鬼推磨

程慈航將李麗蘭送到招待室後。小勤務奉命給李麗蘭送去一杯白蘭地，一碟鴨胿肝，一盤夾心蛋糕，一杯龍井香茶。空曠的房間裏只有李麗蘭一人，她望着桌上的晚點，孤單淒涼襲上心頭。對於這次失敗，她實在不甘心。銀行保險提貨單分明還在我身上，他那六兩黃金的圖章究竟從何而來呢？她急忙解開身上層層衣扣，左手插進右腋下，撕下了膠布，在紗布藥棉裏，拿出折叠成小方塊的紙張，攤開一看，大吃一驚，一張空白銀行提貨單。李麗蘭知道自己徹底的失敗了。她癡癡地望着空白一片的屋頂，悲傷、失望、憂愁、懊悔交加，她翻來覆去輾轉難眠，滿腹心事湧上心頭。

在閻雲溪的威脅下，她被迫棄家出走，隨馬太太浪跡江湖。這些年來過着驚心動魄的生活。數年來，她闖蕩江湖，靠著自己的機智、勇敢、思慮周密，在江湖上闖出一個"踏雪無痕"的名號。她的廬山真面目，無人得知，也無人知曉。她一直聽從馬太太"大盜亦有道"的教誨，所盜取的對象均是達官貴人、豪門富商。雖是不義之財，但倒也用得心安理得。抗戰勝利後，閻雲溪伏法。她回到家鄉，花一部分錢擴建舊居，並用餘下的積蓄開了一家小店。自此，李麗蘭多用心經營小店，少有闖蕩江湖之舉。

但她對營商之道一竅不通，沒過多久，小店便連連虧損。加上恩師身故，安葬費昂貴，李麗蘭剩餘的積蓄被一掃而空。這時，正巧碰上公子沈子良追求，便決心改邪歸正，趁年華正茂，找到個安身立命之所。幾個月之中，她費了不少心機把沈子良馴服得服服貼貼的。兩人約定十月二十八日在南京公館相見，商量有關洞房佈置、結婚儀式和喜慶的事，並於十一月五日完婚。李麗蘭未曾來過南京，便提前於二十日到達，想利用幾天的時間，暢遊這"六朝金粉"之地。

　　四處閒逛之際，李麗蘭無意間來到公館區，一口氣走遍方圓六七里，發現公館區表面戒備森嚴，其實外強中乾，保安措施徒有其表，虛張聲勢而已。她踏勘的幾家公館對竊賊幾乎毫無戒備。李麗蘭不禁技癢，心想：若乘機下手，易如探囊取物。自己的嫁妝豐厚些，日後也不會讓夫家小瞧。最後一次了……哎……悔不該利令智昏，為了充實陪嫁，提高身價，竟違背師訓，不顧佳期就在眼前，到現在一失足成千古恨！想到這裏，李麗蘭長嘆一聲，悔恨交加。

　　想當年，她曾向恩師再三請求到南京小試牛刀，師傅嚴命制止，警告說：「京都捕頭，天下第一。你雖是我得意弟子，但也萬萬不能目中無人，將天下警探都視為無物。這些名號你聽過吧！「九江一盞燈」、「漢口燕子飛」、「常州一股香」、「鎮江包漢三」、「梁山葛飛飛」、「蕪湖晏子平」、「安慶鐵機子」。他們都是黑道中的佼佼者，個個自恃藝高，故意在南京城宣戰。這些年間，先後都栽在南京警探手裏。尤其是四區，那老頭子可不好惹，聽說他手下還出了一批後起之秀，個個陰狠狡詐，不少同道被他們捕獲。麗蘭啊麗蘭，你要留下南京作為安身立命之地啊！」她毫不在意，以為師父說得誇張，點點頭就忘了這事。

現在我什麼都完了！與沈子良約期只有兩天了，距離婚嫁之日只有八天。我身在牢籠，插翅難飛，美好的夢想成爲泡影，所有的幸福全都斷送了！估計不到三天，南京各家報紙都會刊登這樣驚人消息："闖門女盜落網 踏雪無痕現形"，教授之女淪爲竊賊，我必定身敗名裂。而我的財產和揚州老家也會因鑑於不義之財，被沒收。我將爲鄰里所不齒，他們定當罵我侮宗辱祖，娼妓不如！

可憐沈子良對我一片癡情，我却往他臉上抹黑。他爲了逢迎我，大事鋪張，已經發出三千張喜帖。三千家親朋戚友將要全部嘩然，想不到如花似玉的新娘、銀行經理的太太竟是個多年的慣盜、積案如山的女賊！各家報社一定會大肆宣揚，各省通訊社駐京記者也必會連夜發電風行全國。

可恨那陰狠狡詐的程慈航，外似溫柔卻心懷叵測。他的目的已達到，便會翻臉無情，追贓索款。數年心血，將空於一旦。

公審之日，人山人海的民眾，人人切齒，個個痛恨，我將受到人們的冷潮熱諷，破口唾罵。

攝影記者紛紛將鏡頭對準我，鎂光燈閃灼之下，我蓬頭垢面，狼狽不堪，醜態畢露，無地自容！縱使法外施仁，但是積案如山，不判五年七載，怕是難以平息公憤。

黑暗的牢獄生活，定把我青春光陰消磨殆盡。刑滿出獄之時，我已三十開外。那時我將臉黃肌瘦，毫無人形了。我無家可歸，饑寒交迫，疾病纏身，只得流落街頭淪爲娼妓，以血肉之軀換取溫飽。我將染上花柳梅毒，轉眼間，疾病發於全身。最後走投無路，只好對那滾滾長江，了却一生孽債。魚鱉為棺，蛟龍為槨，揚子江之萬頃波瀾，是我李麗蘭葬身之地。

她越想越可怕，只覺前景慘淡：無可奈何花落去，這是大自然的規律，春盡花殘，誰能妙手回春，使殘花再發？完了，

我什麼都完了，我什麼都完了……想到這，她以被掩面，嚶嚶啜泣。

李麗蘭躺在床上，輾轉反側，難以成眠，耳聽外面時鐘打着一點、二點……在她聽來，今晚的鐘聲特別刺耳，喪鐘一般敲在心坎上，一聲聲響，一陣陣痛。這樣痛苦的時間實在很難挨過，她觸景傷情，嘴裏喃喃唸着：“莫道長宵似年，儂看一年比更尤短。”

忽然，李麗蘭柳眉微皺，左手捧心。整個人從床上滑坐至地上。順手打碎了茶几上的玻璃杯。小勤務員聽到動靜，忙衝了進來，頓時手忙腳亂，呼喊道“啊……啊……李小姐……你……你……還好嗎？我叫人去，你……你別動。”李麗蘭拉着小勤務員，右手捂胸，緩緩地說：“我

69

先天性心臟病，要找大夫。你速速去公館區長安道末的沈公館，說是李麗蘭小姐找沈步雲老先生。他老先生問你什麼你就一五一十回答什麼，老先生知道我的病情，自然會幫我找人配藥。快去！"

"這……這……我不敢……"

"快去找沈步雲老先生。他會打賞給你。"李麗蘭的面貌越發蒼白，最後兩句竟然虛弱之極，像是隨時會暈過去一般。小勤務員急忙扶李麗蘭躺上床，又捏了捏剛剛李麗蘭塞給他的兩顆金扣子，幾步衝了出去。

隨着小勤務員跑出房門，李麗蘭的呼吸逐漸恢復正常，爛泥般的雙手也漸漸正常了起來，慢慢靠牆坐直了身體，心想：從剛剛審訊的情況來看，程慈航或許對我還有一點同情或者還有點喜歡。但是這無補於事，無論在權利或感情方面，我都沒把握他能爲我壓下這麼大的盜竊案。我必須借助其他方法脫身才行。

　　她看了看，左右袖子上的四顆金鈕扣已經全部給了小勤務員，知道自己能否安然脫身也就在此一舉了。她沒有讓小勤務員去找沈子良而是去找他的父親沈步雲，是因爲她很清楚的知道，只有借助沈步雲的財力才能讓他跨過此關。她清楚地記得，那天趁着沈子良走去內屋時，他的父親沈步雲一把拉住她的手："麗蘭，只要你肯跟我，我的錢都給你，兒子我也不要了。"作爲錦線高手，這種事情她碰到的多，自然而然地反過來拍拍沈步雲的手，嫵媚一笑："伯父，總有機會讓你好好表現的。"

　　五更的天氣特別嚴寒，李麗蘭兜緊錦被，哆嗦着等待天明。窗外的洋梧桐被風吹得"沙拉沙拉……"，不知明天是否滿地都會是梧桐樹葉？窗外一片黑漆漆的，已經很久沒有這樣靜下來了。小勤務員會見到沈步雲嗎？他見到沈步雲的話，怎麼不來告訴我一聲？那個程慈航在幹什麼，是不是在整理我的檔案？李麗蘭在床上輾轉反側，直到黎明時分，才朦朧入睡。

　　李麗蘭左思右想之際，程慈航也一樣輾轉難眠。他同情李麗蘭的遭遇，不忍她經受牢獄之災，但是她連續作案，贓證確鑿。他沒有這樣大的權力為她脫却樊籠，這樣大的案件非要通過局長的批准不可。他要想辦法為李麗蘭辯護，力求取得上級的同情，又要不露袒護的痕跡，必須計出兩全，期在必成，因此反復難眠，直到天明。

第十七章　閻王蔣

　　四區警察局局長蔣寧是河北人，號稱"閻王蔣"。早年就讀東北講武堂，抗戰時期投身軍界。前後三次在前線戰場上負傷，在國民黨部隊裏曾經當過副師長，算是一個爲國民黨出生入死的猛將。抗戰勝利後，國民黨部隊全部整編，因為他在軍內得罪上司，又不是黃埔軍校正統出身，不能算爲"直系"，所以受到同儕彈劾，被排擠列爲編餘官佐，轉業後到了警界。

　　四區警察局地處公館區，在此居住的人不是位高權政界要人，就是非富即貴的生意人。這片黃金之地引來各路江湖大盜在此鋌而走險，因此治安責任也特別重大。四區向來都是刑偵重鎮，許多警方人員被分配這裏時，不是裹足不前，就是知難而退，視此地為畏途。所以，這塊硬骨頭也就落到了外來人——蔣寧的身上。越是重要的地方，則

越有英雄用武之地，"閻王蔣"憑藉自己在戰場上的狠勁，硬是把這塊硬骨頭給啃了下來。當然，心中的不滿是肯定的，所以只要有撈錢的機會，他絕不會放過。私心裏，他知道只有銀子才是最貼心的肉。

四區警察局副局長柳春亭，湖南平江人，爲人熱情豪放，工作有魄力。他畢業於中央警官學校，在四區警察局兼管刑事。也是他一手把程慈航帶進四區警局，程慈航失憶的事情除了他，也就沒有人知道了。私底下程慈航把他當作兄長，倆人亦師亦友，感情深厚。程慈航年紀輕輕就能當上科長，與他的扶持是分不開的。

第二天上午，剛剛開始辦公，程慈航就把公館失竊案送到局長辦公室進行研究。在場的只有正副局長和他三人。程慈航先對公館失竊案做了介紹，然後把李麗蘭的日記給兩位局長過目，特別指出日記中主要三則，請兩位局長詳閱。

　　程慈航看到正副局長，紛紛對李麗蘭的身世和處境表示同情，也對她的失足痛感惋惜的時候，覺得火候差不多到了，說道："李麗蘭本性不壞，誤入歧途主要是生活和時勢所逼，迫不得已。加上她有婚約在身，我們不妨給她一次機會，相信她會改過自新。"程慈航窺察着正副局長的臉部表情，見局長還是撅着眉毛，接着說："根據日記所載，李麗蘭很可能是'江湖一奇'的入門弟子。'江湖一奇'現在已經身故，而她那本載有黑道各大高手的詳細情報的秘籍應該已經落入了李麗蘭的手中。'飛賊'神出鬼沒，或許就是其中記載的高手之一。我們不妨以釋放為條件，策反李麗蘭，達到以毒攻毒的目

的。讓她可以為我們所用……"

"不要再說了，無論李麗蘭身世有多可憐，我們都需要嚴懲罪犯。" "閻王蔣"揮揮手，打斷了程慈航的話："這裏是警察廳，不能對任何犯罪行為加以姑息，對任何觸犯法律的人，都必須嚴懲不貸……這是我們做警察的職責！"

"叮鈴鈴……叮鈴鈴……"辦公桌上的電話鈴響了起來，程慈航和柳春亭照例後退幾步。隱隱聽到局長捂着話筒在說："對，是有這樣一個人……嗯……好的……好的……一切按您的意思辦……"

挂上電話，"閻王蔣"拿起辦公桌上的青花茶杯猛喝了幾口茶，停了一下，回過頭，對着程慈航道："慈航，我記得你說李麗蘭身上可能得到‘飛賊’案的線索吧。”

　　程慈航連忙重復道：“是的，局長。李麗蘭很有可能是‘江湖一奇’馬太太的弟子。據我們猜測，她應藏有‘江湖一奇’的秘譜，裏面記載着黑道各大高手的詳細情報。”

　　“好！慈航，我昨天也跟你說過，“飛賊”案件到現在已經三個月。全市發生類似的竊案共計十一起，我們管區就佔了七起。我們傾盡全力與他較量了三個月，被打傷了三個探員，但至今毫無頭緒，無法追緝此賊歸案。我們現在需要的就是相關的情報。早在十多年間，“江湖一奇”名頭已響徹黑白兩道。憑着一本秘籍獨步天下，受黑道敬畏的事情。李麗蘭的案件是小事，可以放了她。但作為交換，她必須爲我們提供“黑

道"內部的的情報，尤其是"飛賊"案。

程慈航連忙道是，只是心裏隱隱覺得蔣局長有點反常。剛才還斬釘截鐵地反對，絲毫沒有迴轉餘地的"閻王蔣"，怎麼接了個電話之後，態度就截然不同了呢？不過，既然局長開口，李麗蘭也算是逃過此劫了。程慈航暗暗鬆了口氣。

"從現在開始，你全權負責'飛賊'案。李麗蘭你好好看着，不管什麼方法，你必須從她口中套出'飛賊'案的情報。另外……"，"閻王蔣"停了一下，稍稍猶豫，接着說："對外封鎖此案全部信息，此案進入嚴格保密程序。"

副局長柳春亭在聽取程慈航對李麗蘭案件的介紹，又看了她的日記之後，再被蔣局

長權衡利害一分析，便完全同意了從寬處理
的意見。最後三人小組一致決定：追回三家
公館被竊的贓物，對此案既往不咎，給予釋
放，用以換取李麗蘭提供的情報。

　　隨着計劃最艱難的第一步成功，程慈航
心上的一塊巨石落地。

第十八章 英雄所見

"什麼？把她放了？這不等於放虎歸山嗎？他媽的，這是誰的鬼主意？這女人詭計多端，我們這麼辛苦才破了案，我去找局長……"嚴中虎警官把頭上的帽子往桌上一扔，只見他劍眉入鬢，鷹目高鼻，刀刻般的臉部輪廓清晰分明，古銅膚色，是個身材健碩、高大挺拔的男人。他暴跳如雷的反應，原在程慈航的預計之中。他對這個視自己如手足的警官很了解，知道他是個為了破案，可以想盡辦法，甚至不擇手段的人。只見程慈航輕輕拍了拍嚴中虎說：

"嚴警官，聽我說，我們並非放了她，只是需要她的情報而已。"

"什麼玩意？你每次抓到人後都他媽的放了？你是警察嗎？你要這女人什麼情

報，要情報你自己不會去查啊？"嚴中虎怒嚎着。"我會給你一個好理由，把小組集合，一併說吧！"程慈航接着說道。

嚴中虎瞪了程慈航一眼，氣沖沖地把其他人叫了過來，在小會議室內程慈航召集了參與此案全體人員。待嚴中虎、楊玉瓊、柳素貞等人齊齊坐下，程慈航把尚未偵破的"飛賊"案提了一下，又對李麗蘭的全案做了一個概略的介紹，隨後把李麗蘭日記中的一部分唸給大伙聽。特別讀到馬太太臨終授李麗蘭《曇花夢》一卷，中間極其詳盡地記載着同道的姓名、事跡——堪稱一本天下妙手檔案時，程慈航略有所思地停了一下，正打算繼續……

"逼她交出秘笈，就能破'飛賊'案。"嚴中虎警官突然插嘴打斷了程慈航

的話。

"英雄所見略同!"程慈航微微點頭,接着說:"大家知道'飛賊'案現在鬧得沸沸揚揚,還有幾個警局的兄弟在執行任務時負傷,但我們現在毫無頭緒。李麗蘭手上捏着那本叫做《曇花夢》的秘籍,可能就是'飛賊'案的突破點。"

"那為何不強迫她拿出來?她在我們手上,還不是任我們揉捏?"

"我們已經翻遍她的的行李,沒有相似的東西。估計秘籍給她藏起來了。要拿到秘籍,必須李麗蘭的配合。假如我們現在嚴刑逼供,誰知道李麗蘭提供的是真情報還是假情報?我們只能採取威恩並施的方法,讓提供情報作為她自由的條件。她達反條件的話，一切都按原本的刑罰走，這樣她才會合作"

　　嚴中虎聽罷，心中依然不滿，但見程慈航講得有道理，又有上頭的指令，只得作罷。其他警察也點點頭，表示無異議。

　　程慈航的第二步計劃也成功了。

　　第三步計劃，就是着手處理三家公館的贓物。程慈航把各家贓物按損失報單分好，並親自出馬送回原主。失主們看到貴重的失物不到三天時間全部完璧歸趙，都感到十分驚喜欽佩。他們再三感激之餘，訂下時間，要在公館裏設宴酬勞警探們。吳局長更是拍着程慈航的肩膀，大聲說："神探！神探！"

下午六點三十分，程慈航終於完成了處理釋放李麗蘭的準備工作及善後問題，一切事情告一段落。連續緊張、細緻的工作，讓程慈航陷入一種亢奮的工作狀態，一旦停下來，只覺得整個人都散了。坐在黑色的辦公椅上，他背靠着椅背，閉上眼睛，眼前是李麗蘭水蛇般的身影從黑暗中走向光亮。

牆上的時鐘指向七點時，程慈航召集嚴中虎、楊玉瓊、周凌到辦公室。他囑咐周凌跟着楊玉瓊和嚴中虎把李麗蘭的手提皮箱送到秦淮飯店四十四號房。這個提箱裏面的東西，除了程慈航外，誰也沒見過，究竟裏面還存着什麼呢，誰也不知道。這個皮箱保價爲一百五十兩黃金，按照三家公館的失單估價，已經就有一百五十兩了。其實，除了三家贓物之外，箱裏現存的東西仍值百多兩黃金。李麗蘭聰明，她想，保值低，保價也低，只保一百五十兩黃金的價值，不但可以省了一部分保險費，而且目標也比較小，反正同樣可以達到保險目的。按上面的處理，只追回三家的贓物，其餘的物品可歸還李麗蘭本人。在嚴中虎他們看來，都認為箱裏頭沒有什麼貴重的物品了，而楊玉瓊又曾親眼看到保單的保值，更深信無疑了。

第十九章 不相信自己的耳朵

證據、審判、牢獄、娼妓、破屋……

一幕幕浮現在李麗蘭眼前。她一夜未眠，直到天明時分，才迷迷糊糊地睡去。"噹……噹……噹……"屋外的鐘聲將李麗蘭帶回現實。她閉着眼，只覺身上的棉被濕濕膩膩，這一幕已在腦海裏預演了無數遍。他們下一秒就踹開房門，把我拖去法院了吧。

只聽到門外開鎖的聲音："李小姐，請您洗漱一下。"小勤務員笑嘻嘻地端着臉盆和洗漱用具走了進來。

"嗯？"李麗蘭接着問道："幾點了？"

"回李小姐，現在十點了。科座交

代，你沒有醒來的時候，不要驚動你。”

“哦？”她又問：“程慈航什麼時候交代你的？”

“今天一大早特別交代我的。”

“程慈航經常都是這麼早辦公的？”

“不！”小勤務員肯定地說，“本來是上午八點才辦公。不過，他上班的時候沒有規定，進出自由。但是，他經常辦公到深夜，有時大案件發生，幾個晚上通宵達旦，都沒有睡覺。他的辦公地點常在街上，因為他的工作多半是外勤……”小勤務員因爲拿了金鈕扣，滔滔不絕地說着，恨不得把知道的都說出來。

"那麼，程慈航今天一大早起來幹什麼？"李麗蘭打斷了他的話。

"他到局長辦公室去，跟正副局長講話。"

"你曉得他們講什麼嗎？"

"我只曉得程慈航拿了一本非常厚、非常漂亮的簿子給兩位局長看，局長看時不斷點頭。"

李麗蘭楞了楞，推測是自己的日記簿，接着問："你還聽他們講什麼話沒有？"

"我不敢在那裏呆着，只聽見科座說：'我們不能把她一棒子打死！'"

李麗蘭換了個話題："昨晚我讓你去找沈老先生，他怎麼說？"

"沈老先生說讓你放心，你的病一定會找最好的大夫幫你調理"聽了這話，李麗蘭懸着的心稍微定了一下。從小勤務員的話看來，沈步雲必會出手救她，有錢能使鬼推磨。在這兵荒馬亂的歲月裏，還有什麼是錢辦不到的事情呢？

"李小姐，我幫你把早點端上來。"小勤務員說着就走了下去。

小勤務員離開之後，李麗蘭陷入沉思。照目前局面來看，只要沈步雲肯出手，自己出去就有希望了。但是，自己當時對沈步雲不理不睬的，這隻老色狼未必願意在自己身上下重本。至於程慈航，自己昨天在他身上下了點魅功，她相信以自己的功力，程慈航多少對她會心生同情。但是這也無補於事，這個案件太大了。那程慈航於公於私也不見得會把自己放出去。唉，實在是太大意了。她悔不該在一個地區連續做案，變成連環盜竊案。為了讓自己的虛榮心得到滿足，嫁的風光體面而進行盜竊，和之前為生活所迫行竊是不同的。想到這裏，昨晚一幕幕的畫面再次浮現腦海。她的心被一層層愁雲慘霧蒙着，雖然飯菜豐富，但她總覺得味同嚼蠟，咽不下去。憂能傷人，一天一夜，這朵嬌豔的鮮花，已變得憔悴不堪。

　　她強迫自己吃下一點飯後，剛剛呷下一口茶，房門突然開了，楊玉瓊和嚴中虎走進房間來。看到這兩個不速之客，她心如撞鹿，似乎脫腔而出。她彷彿聽到了命

運交響樂的不幸之音，惡魔在敲門。

楊玉瓊走到李麗蘭面前淡淡地說：“李小姐，請把東西收拾一下。”

李麗蘭本來想問她為什麼？但是想到這話，似乎顯得自己膽怯怕事，再說答案也無法改變自己的命運，便硬生生把到舌尖上的話咽了下去。她看了一眼兩人的臉，希望看到一絲徵兆，但兩人面無表情。只能故作鎮靜道：“我沒有什麼好收拾。”

“好，走！”楊玉瓊命令道。

李麗蘭拉了拉衣服，理了一下頭髮，把心一橫跟着他們走。一直走到警察局的大門口，只見那裏停着一輛中型吉普車，楊玉瓊已經坐在車子的前座等候他們。他的跟前放着一隻手提大皮箱，箱子上面留有被撕開的封條痕跡。李麗蘭一眼便認出這是她寄存在銀行裏的箱子。這是要連贓帶人一起送到法院去了。李麗蘭的心沉到了最底。

嚴中虎站在吉普車旁，向李麗蘭示意上車。李麗蘭坐在車子後排的中間，兩邊坐着嚴中虎和周凌。兩人表情嚴肅，一語不發。窗外大片大片金黃的銀杏，幽魂似的在車窗外向後飄蕩，苦味在空氣中彌漫。

車子一直開到秦淮河畔秦淮飯店門口停下。下車後，一行四人登上二樓，徑直走到特等四十四號房間。李麗蘭本以爲房間肯定被翻了個亂七八糟，但進門一看，却出乎意料，房間整齊有序，自己匆匆離

開時的還沒來得及整理的床單也被疊得齊齊整整。只聽見"嘭"的一聲，房門突然關上。李麗蘭下意識地轉了一個身，剛好和楊玉瓊打個照面。

楊玉瓊冷冷說道："李小姐，祝賀你，你恢復自由了！這是你的箱子和鎖匙。除了三家公館的東西，其餘私人物品全部歸還你。上級討論後，決定特赦你。當然，這是有條件釋放的，你必須提供情報協助破案。從現在開始，你每天晚上必須住在這裏。同時，你所有行動都會受到我們的監控，離開四區必須先和警察局報備。一旦發現你有逃跑的意圖，你就會再次被捕。"楊玉瓊說着，接過周凌手中的皮箱，從衣袋裏掏出一串鎖匙，一併交給李麗蘭。

李麗蘭怔住了，再看楊玉瓊後面的黑着臉的嚴中虎和一言不發的周凌，她知道自己自由了！她小跨一步，兩手緊握住楊玉瓊的雙手道：“楊警官，這是怎麼一回事？我簡直不敢相信自己的耳朵，我好像在做夢。請你們代告程慈航和局長，只要我李麗蘭還有一口氣，一定爲警局盡心盡力！”

嚴中虎雙臂交叉，冷哼了一聲：“識相點！記住！不要出任何花招！”

“這份大恩，我不會忘記，一定會報答你們的。”

“時間也不早了。李小姐早點休息吧！明天早上我們會派人來和李小姐商量後續安排的。”楊玉瓊邊說着邊抽出雙手，轉身離去。

第二十章 自由了

透過玻璃窗，看着走出旅館的警察，直到吉普車消失在視線間。李麗蘭順手拿起放在枕頭上的手絹，輕輕地印走臉上的淚珠。行走黑道多年，她無一敗績，想不到這次竟然被那個程慈航抓個正着。

但一想到自己自由了。她情不自禁地在地上跳來跳去，又跳上床鋪。自出娘胎以來，她從來沒有像現在這樣地高興過。她覺得房間裏每件東西都向她歡笑，熱烈祝賀她的新生。她抬起頭來，嬌艷的臉上，笑容燦爛：「呀，自由多麼可貴！世界多麼美好！」

當李麗蘭眼角觸及到桌下那隻皮箱時，她的心從欣喜若狂開始沉靜了下來。她伏下身子，用力地把箱子提到桌面上來。開鎖，打開箱蓋。她怔住了，除了三家贓物外，她自己所有的東西都安然放在裏面，連她在警察局裏所

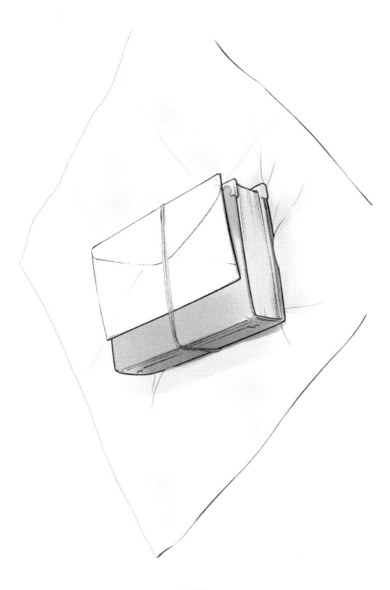

麗蘭小姐：

　　見字問安！

　　昨夜你一定夜不成寐，擔心前途毀滅，此生完了。我也為你捏着一把汗。我雖可憐一個弱女子在亂世中的漂泊。但人情國法，在整個案件處理過程中，我必須絞盡腦計，費盡心機才能計出兩全。

　　"解鈴還須系鈴人"，聰明如你應該知道釋放是有條件的。希望你從此洗心革面，立地成佛。否則小喬未嫁，永鎖銅雀，誤卻終身，一個女子在牢獄中的生活是不堪設想的。

　　現在厄運已過，我相信你會立地成佛。佳期在即，千萬珍重。

　　祝你幸福、甜蜜！

　　　　　　　　　　　　　程蔥航
　　　　　　　　　　　　即日

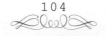

換的衣服也疊得平平整整，那顆六兩重的雙龍搶珠的黃金私章擺在一角，秋毫無犯。

　　再看自己的日記本被妥善地包在一塊真絲手帕裏。有一封信，用橡皮圈和日記本綁在一起，她用剪刀剪開信封，抽出裏面的信箋，一張白紙? 李麗蘭一楞，停了一下，然後她露出一個會心微笑：這個程慈航。

　　幾行剛勁有力的筆跡，在水中顯現出來。

　　李麗蘭躺在軟綿綿的旅館床上，抱着雪白的棉被輾轉反側。和沈子良的婚事不言而喻是告吹了。沈步雲這隻棋子在整件事情上肯定起了決定性的作用，要不然即使程慈航煞費苦心，如果局長不點頭，也是白費心機。也就是說，爲了救自己，沈步雲一定下了大本錢了。

那麼，如何擺脫沈步雲呢？這老色鬼雖說幫了我，但他一定有所企圖。如果嫁到沈家後，老鬼以此事相挾怎麼辦？不行不行，不能太冒險了。不能把自己的命運賭在一個老色鬼身上！

這程慈航看起來倒是個正人君子，沒有他，我就無法逃出法網，也必將身敗名裂，前途盡毀。當時我對他冷嘲熱諷，耍盡無賴和心機，但他總是克制。他多麼溫柔體貼、知情識趣啊！他沉着、機智，挽狂瀾於既倒，扶大廈之將傾。他挽救了我，對我真乃仁至義盡，我該怎麼報答他呢？"李麗蘭越想越覺得程慈航的形象在她心中愈來愈高大，頓時淚如泉湧，心潮不斷起伏，一股暖流像電波一樣頃刻間流通全身，完全遮沒了沈子良。

李麗蘭坐起身來，看到衣櫃全身鏡上出現娉婷玉立的倩影，用手撩了一下彎曲的長髮，若有所悟道："啊，莫非他喜歡上我了？是不是他昨夜握着酒杯對我脈脈含情並非假像？今天這封信看似勸我洗心革面，其實是傾訴衷情？這也不可能啊！假使他乘危要脅，豈不易如反掌？不對，要是他真懷邪念，爲什麼却在信中寫着：佳期在即，千萬珍重？

等等，那傢伙可不一般！李麗蘭啊！李麗蘭！你差點又中程慈航的詭計了！這傢伙的溫柔體貼、知情識趣都是裝出來的！既然他已經看到了日記，那他就知道了我手上有師父的秘籍。他們有求與我，才會放了我。但也不對啊！我人都被他們抓到了，而且證據確鑿，爲什麼不把我關到牢房裏，再談條件呢？

她又想：他爲什麼要花那樣大的代價來挽救我呢？爲什麼要冒險為我說情？他作爲科長怎麼會幫助犯人？這其中一定有文章！莫非

他可憐我的身世，同情我的遭遇？莫非被我的說辭打動了？他可憐我的身世，同情我的遭遇？不不不，他可是警察。警察怎麼可能因爲犯人身世可憐而放了她？剛剛那個女警說，有條件的釋放，必須提供情報協助破案。說到底還不是想利用我的馬家秘譜，對黑道來個以毒攻毒，說到底還不是爲了他的事業前途鋪路。

李麗蘭左思右想，不明所以。一天鈎心鬥角下來，已是精疲力盡。真是一子錯滿盤皆落索。但是無論如何，自己自由了。沒有事情比起自由更加珍貴了。李麗蘭抬起沉重的眼皮子，看着窗角邊的一輪彎月，微微一笑，鬼使神差蹦出一句。

"慈航好夢！"

文字密碼

　　李麗蘭百思不得其解，爲什麽程科長會放了她。請仔細閱讀程科長的親筆書信，根據書信格式，代李麗蘭回信給程科長。

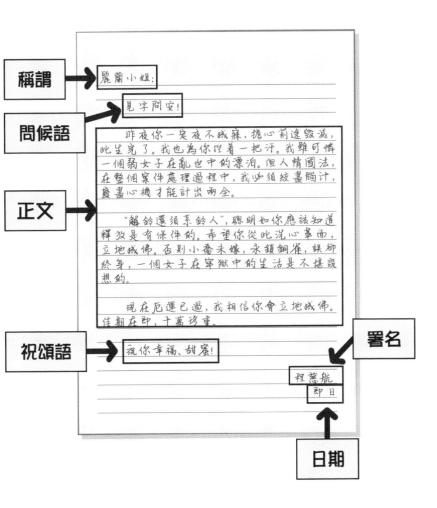

稱謂 → 麗蘭小姐:

問候語 → 見字問安!

正文 →

　　昨夜你一定夜不成寐,擔心前途毀滅,此生完了。我也為你捏着一把汗。我雖可憐一個弱女子在亂世中的漂泊。但人情國法,在整個案件處理過程中,我必須絞盡腦汁,費盡心機才能計出兩全。

　　"解鈴還須繫鈴人",聰明如你應該知道釋放是有條件的。希望你從此洗心革面,立地成佛。否則小喬未嫁,永鎖銅雀,誤卻終身,一個女子在牢獄中的生活是不堪設想的。

　　現在厄運已過,我相信你會立地成佛。佳期在即,千萬珍重。

祝頌語 → 祝你幸福、甜蜜!

署名 → 程慈航

日期 → 即日

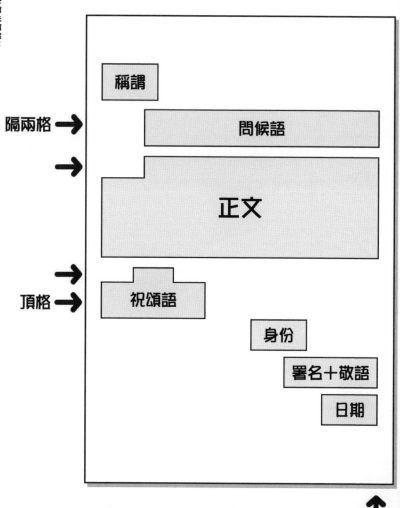

無字天書

隱寫術（Steganography）是一種隱藏訊息的技巧，目的是避免訊息被預期接收者之外的人知曉。隱寫術的出現可追溯至公元前440年希羅多德《歷史》一書。在世界各地的情報戰中，隱寫術都佔據了重要的地位。同時在漫長的發展中，隱寫術又朝著兩個方向發展。

第一種為密碼學，經典例子為摩斯密碼。其原理在於：以特定規律(暗碼)加密信息，接受者需要知道此規律才能正確地解讀信息。故敵人即使得信息的存在，也苦於無法破解。

第二種為隱寫書寫，例如使用隱形墨水隱藏信息。原理在於：對書寫行為本身進行保密，令對方無法得知有關信息的存在。隱寫書寫中常用「偽裝文字」（covertext），例如一篇文章或一篇圖畫包含被加密過的訊息，形成「隱秘文字」（stegotext）。

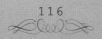

實驗步驟：

1 從檸檬中榨取檸檬汁。

2 將檸檬汁與水混合（約50：50），以毛筆或鋼筆沾染該液體。

3 以毛筆或鋼筆在白紙上寫上字（字體較大可以達到較明顯效果）。

4 將書寫好的白色紙靜置，待其乾透。

5 以沾水棉球塗抹紙張方式顯示字跡

神探指南

　　這本神探指南已經殘缺不齊，有些部分已經破損。請運用字典，為指南填補殘缺。

惴惴

拼音：zhuì zhuì

解釋：恐懼的樣子

近義詞：＿＿＿＿＿＿

反義詞：＿＿＿＿＿＿

原文：縱使我敷衍搪塞，含糊其辭，
　　　但內心也不免惴惴。

天壤之別

拼音：tiān rǎng zhī bié

解釋：天和地的區別，形容差別之大。

近義詞：天差地別

反義詞：相差無幾

原文：想不到數載同窗，分離之後，
　　　兩人命運卻天壤之別，命也！

孜孜不倦

拼音：zī zī bù juàn

解釋：勤勉而不知疲倦。

近義詞：勤學不輟

反義詞：反無心進取

原文：（父親）多年來諄諄善誘，孜
　　　孜不倦。

樊籠

拼音：fán lóng

解釋：鳥籠。比喻束縛不得自由。

原文：茫茫神州，處處鐵蹄，（自己）
想脫卻樊籠，難若登天。

前車可鑒

拼音：qián chē kě jiàn

解釋：先前的失敗經驗，可作為日後
的教訓。

同義詞：前車之鑒

反義詞：覆轍重蹈

原文：前車可鑒，長此下去，歸宿無
所，轉眼紅顏逝去，終歸悲慘
下場。

齊大非偶

拼音：qí dà fēi ǒu

解釋：比喻婚姻門第懸殊，表示不敢高攀。

近義詞：門高莫對

反義詞：門當戶對、門戶相當

原文：古有銘訓，齊大非偶。

吃一塹，長一智

拼音：chī yī qiàn，zhǎng yī zhì

解釋：吃一次虧，長一分智慧。指受了挫敗之後，記取教訓，以後就變得聰明起來

同義詞：上當學乖

反義詞：重蹈覆轍

原文：吃一塹，長一智，與其將來被你羞辱拋棄，不如就此別過。

中饋猶虛

拼音：zhōng kuì yóu xū

解釋：比喻男子尚未娶妻。

原文：（他）迄今中饋猶虛，父母不
　　　勝焦急，然亦無可奈何。

紈袴子弟

拼音：wán kù zǐ dì

解釋：指有錢有勢人家成天吃喝玩樂、
　　　不務正業的子弟。

近義詞：膏粱子弟　花花公子

反義詞：_____

原文：殊不知對此紈袴子弟，不加矜持，
　　　即被鄙薄。

忐忑

拼音：**tǎn tè**

解釋：心神不定的，七上八下的

近義詞：踢促

反義詞：＿＿＿＿＿＿＿＿＿＿

原文：招待得愈好，她心裏就愈忐忑。

輾轉反側

拼音：**zhǎn zhuǎn fǎn cè**

解釋：形容心中有事，躺在床上翻來
　　　覆去地不能入睡。

近義詞：輾轉不寐、轉側不安

反義詞：＿＿＿＿＿＿＿＿＿＿

原文：李麗蘭躺在軟綿綿的旅館床上，
　　　抱着雪白的棉被輾轉反側。

利令智昏

拼音：lì lìng zhì hūn

解釋：被利慾迷惑，使得理智昏亂。

近義詞：見利忘義、財迷心竅

反義詞：＿＿＿＿＿＿＿＿＿＿

原文：（李麗蘭）悔不該利令智昏，爲
　　　了充實陪嫁，提高身價，竟違背
　　　師訓，不顧佳期就在眼前，到現
　　　在一失足成千古恨！

不言而喻

拼音：bù yán ér yù

解釋：事理淺顯，不待說明，即可曉，
　　　用以形容事件或道理很明顯

近義詞：不問可知

反義詞：＿＿＿＿＿＿＿＿＿＿

原文：（李麗蘭）和沈子良的婚事不
　　　言而喻是告吹了。

從此說心革面，立地成佛。否則

小廟末嫁，永鎖銅雀，誤卿終身，

一個女子在牢獄中的生活是不堪

設想的。

現在厄運已過，我相信你會

立地成佛。佳期在即，多萬珍重，

祝你幸福、甜蜜！

程慈航　即日

程慈航科長寫給李麗蘭的親筆書信，現收藏在機密檔案庫。

麗蘭小姐：

見字問安！

昨夜你一定難於成寐，擔心著遠

野滅，此生完了。我也為你捏著一把

汗。奉勸妳一個弱女子在凱苓

的漩渦，但人情國法，在辦個案件

處理過程中，我必須從寬脫沈，慶

怎心樣才能討出妥全，

「解鈴還須系鈴人」聰明如你應

讀動道釋，枝是有你伴的。希望你

民國神探之公館失竊案 下

策 劃 編 著	拇指工作室
原 著 作 者	陳娟
改 編	羅浩珈
插 畫	陳家忠
封 面 設 計	梁士雲 羅浩珈
配 音	驕陽之聲配音工作室
出 版	人文出版社（香港）公司
地 址	香港荃灣沙咀道362號全發商業大廈20樓2002室
電 郵	info@hphp.hk
出 版 查 詢	+852-35211710
傳 真	+852-35211101
網 址	http://www.hphp.hk
出 版 日 期	2019年6月
圖 書 分 類	推理懸疑
國 際 書 號	978-988-79251-2-5
承 印	中華商務聯合印刷（廣東）有限公司
定 價	港幣60 台幣260 人民幣50

發 行 商	香港聯合書刊物流有限公司
地 址	香港新界大埔汀麗路36號中華商務印刷大廈3字樓
電 話	852-21502100
傳 真	852-24073062

台灣總經銷	貿騰發賣股份有限公司
地 址	新北市中和區中正路880號14樓
電 話	886-2-82275988
傳 真	886-2-82275989
網 址	www.namode.com